Émile Leclercq

Charles de Groux

Antigonos

Émile Leclercq

Charles de Groux

Réimpression inchangée de l'édition originale de 1871.

1ère édition 2024 | ISBN: 978-3-38813-065-1

Antigonos Verlag est une marque de Outlook Verlagsgesellschaft mbH.

Verlag (Éditeur): Outlook Verlag GmbH, Zeilweg 44, 60439 Frankfurt, Deutschland, info@outlook-verlag.de
Vertretungsberechtigt (Représentant autorisé): E. Roepke, Zeilweg 44, 60439 Frankfurt, Deutschland
Druck (Imprimerie): Libri Plureos GmbH, Friedensallee 273, 22763 Hamburg, Deutschland

CHARLES DE GROUX

CHARLES
DE GROUX

PAR

ÉMILE LECLERCQ

—

PORTRAIT GRAVÉ A L'EAU FORTE

PAR A. DANSE.

BRUXELLES

IMPRIMERIE DE Ve PARENT ET FILS, MONTAGNE DE SION, 17

—

1871

AVERTISSEMENT.

———

Charles — Corneille, Auguste — DE GROUX, né le 4 août 1825, est mort le 30 mars 1870.

Le soir même du jour où il avait été déposé au cimetière de Saint-Josse-ten-Noode, un comité, sur la proposition de Jean Robie et d'Eugène Devaux, s'est constitué au Cercle artistique et littéraire de Bruxelles; la mission de ce comité, dont firent partie des membres du Cercle artistique et de la Société libre des Beaux-Arts, était de présenter au public des artistes et des amateurs d'art des listes de souscription, destinées à réunir la somme nécessaire pour élever un monument à la mémoire de Charles de Groux.

Il fut convenu que le comité ne s'adresserait point aux sphères officielles; que le monument serait exécuté avec les seules ressources provenant de la souscription; qu'une biographie de Charles de Groux, ornée de son portrait, serait donnée en souvenir à tous les souscripteurs.

Wynand Janssens se chargea de faire le plan du monument.

Un portrait, gravé à l'eau-forte par A. Danse, d'après une photographie de Louis Ghémar, fut unanimement désigné par le comité pour compléter la physionomie de l'artiste et de l'ami.

On me fit l'honneur de me choisir pour écrire l'histoire des travaux, des principes, des tendances de de Groux. Je l'avais beaucoup connu ; j'estimais fort l'artiste et l'homme : j'acceptai avec empressement la tâche qui m'était offerte. On n'a pas tous les jours le plaisir sans mélange de parler d'un homme simple, loyal, courageux et convaincu. Je n'aurai rien à changer à mes opinions sur les œuvres et les idées de de Groux, même après sa mort ; je puis écrire et j'écrirai ce que je croirai être la vérité, comme s'il était encore en vie. Il était de ceux qui comprennent les droits du critique et de l'historien. Esprit juste et plein de sérénité, malgré certaines défaillances, il avait bien plus peur de lui-même que des autres. Je ne lui ferai pas l'injure d'une menteuse apothéose ; mais je ne craindrai pas non plus de dire tout le bien que j'en pense ; sa mémoire peut supporter l'analyse la plus minutieuse, parce qu'elle est le reflet d'un caractère honnête.

Nulle censure ne passera son grattoir sur mon travail. Le comité, composé d'artistes qui se respectent, m'a laissé une entière liberté.

Ce qu'on va lire m'est donc absolument personnel. Nul autre que moi n'en aura la responsabilité.

Je tenais à faire cette déclaration publique, à cause de

ma réputation, qui dans un sens est très-mauvaise : elle pourrait déteindre sur des innocents, qui ne se soucieraient en aucune façon de collaborer avec moi.

A chacun selon ses œuvres : c'est la loi juste par excellence.

ÉMILE LECLERCQ.

Bruxelles, décembre 1870.

CHARLES DE GROUX.

I

La petite ville de Commines, par une singularité
qui sans doute n'est pas unique à notre époque,
est à la fois française et belge. La ligne idéale des
frontières la traverse de part en part. Sans avoir un
double caractère social et familial, sans être plus
belge que française, elle a de doubles organes et
elle est sollicitée par des courants contraires. En
certaines circonstances, cette malheureuse bour-
gade, ainsi violemment désunie par des lois insen-
sées, pourrait se trouver tout à coup forcée à se
déchirer de ses propres mains. Une guerre entre la
France et la Belgique serait pour Commines une
guerre civile, une guerre de famille. Les voisins,
qui aujourd'hui vivent en parfait accord, se tire-
raient des coups de fusil; le « face à face, » main-
tenant affectueux et souriant, deviendrait haineux
et tragique. Ainsi, les régulateurs de nos destinées déclarent raisonnables les absurdités les plus
étranges...

C'est dans cette ville hybride que Charles de Groux est né. Le hasard lui a fait, pour la première fois, ouvrir les yeux et jeter son premier cri parmi les Français de Commines. Il est donc Français, né de parents français, Français de par sa naissance.

Sa famille vint s'établir à Bruxelles en novembre 1833. Charles était le septième des dix enfants de Joseph de Groux, fabricant rubanier. Il fit à Bruxelles ses études d'écolier. C'est à Bruxelles qu'il se développa physiquement et moralement. Sa véritable existence a commencé à Bruxelles et s'y est achevée. Il s'est imprégné de nos idées ; il n'a connu que nos mœurs ; il s'est nourri de notre histoire et il a eu nos aspirations. Lorsqu'il eut atteint sa majorité, comme il appartenait à la France, il aima mieux se résigner à la condition de réfractaire ; il ne craignit point le titre de fugitif, de déserteur : c'était se déclarer Belge. Bien plus, il fit des tentatives pour qu'une loi régularisât sa position : il demanda aux Chambres des lettres de naturalisation qui lui furent accordées, mais dont des circonstances inutiles à rapporter ici empêchèrent l'efficacité. De Groux est donc Belge volontairement ; il l'est par son travail et par ses mœurs. Un accident seul l'avait fait Français.

Ceci importe peu, du reste. Il ne faut point attacher d'importance à ces questions de nationalité, à une époque où les idées étroites engendrées par le patriotisme disparaissent peu à peu, malgré les violences et les intérêts monarchiques, pour faire place à la solidarité et à l'union.

Ces observations n'ont d'autre but que de ranger Charles de Groux parmi les peintres du Nord, dans une catégorie qui a sa raison d'être, comme tout ce qui est local et caractéristique. L'art a et doit avoir une physionomie personnelle, tout en restant social et humain. L'artiste appartient à la fois à un coin de terre et au monde tout entier. Par les idées, il est universel; par l'expression de ces idées, il fait partie d'un milieu déterminé, qui lui donne son individualité en développant ses facultés naturelles.

Tous les exils volontaires obéissent à cette loi de l'esprit cherchant son foyer, son atmosphère. A toutes les époques, des artistes, attirés vers des pays souvent absolument différents de celui où ils sont nés, se sont expatriés. Les Flandres, au XVI⁰ et au XVII⁰ siècle, envoyaient à l'Espagne et à l'Italie un assez grand nombre d'artistes. Quelques-uns de ceux-là, comme Mabuse et Antoine Moro, sont devenus peintres italiens ou espagnols, se transformant ainsi que les animaux et les plantes transportés d'un climat dans un autre. A notre époque, ces migrations sont plus nombreuses encore ; elles suivent le courant moderne, qui tend, malgré les aptitudes spéciales des races, à unir plus intimement entre elles les diverses nations de la terre. En choisissant la Belgique, de Groux a certainement cédé à ses instincts d'artiste. Bien que l'idée de porter le costume militaire lui fût antipathique au plus haut degré, nulle répugnance ne l'eût empêché de redevenir Français à l'âge de raison, si son penchant et ses goûts ne l'avaient énergiquement retenu à Bruxelles.

II

Comme tous les jeunes gens emportés par ce qu'on nomme une vocation, de Groux eut bientôt fait d'abandonner les études ordinaires pour s'adonner aux rêves qui le sollicitaient.

Je ne sais à quels travaux ses parents le destinaient, — car c'est l'étrange coutume des parents de contraindre leurs enfants à occuper telle situation sociale, bien avant que leurs aptitudes ne se soient révélées. Il est probable que les vœux de de Groux ne reçurent pas un bon accueil dans sa famille, et qu'il dut combattre pour conquérir sa liberté. L'art est généralement considéré comme funeste dans la bourgeoisie, où l'on rencontre plus d'esprits pratiques que d'augures et de rêveurs. Ce n'est pas un mal, car les tempéraments véritablement artistes triomphent toujours de l'opposition qu'on leur fait; et c'est un bien, parce que, sans ces difficultés, des esprits médiocres innombrables envahiraient le domaine de l'art, par pur amour de la liberté.

Ce qui est certain, c'est que, vers 1843, de Groux devint élève de Navez. Il fréquentait depuis quelque temps déjà l'Académie des beaux-arts, que Navez, à cette époque, était parvenu à organiser très-intelligemment.

Lorsqu'il entra à l'atelier de peinture de la rue

Royale, il composait surtout des sujets historiques, et c'est le moyen âge qui l'attirait plus particulièrement. Le romantisme n'était pas mort à cette époque, et de Groux se laissait influencer par les bruits et les images qui nous venaient de Paris. A dix-huit ans, d'ailleurs, rien de ce qui est véritablement personnel ne s'est encore manifesté dans l'homme : il n'y a que de rares cas exceptionnels. De Groux aurait pu alors déjà illustrer quelque grand ouvrage en reproduisant sur bois les compositions qu'il crayonnait chez lui, dans ses moments perdus. Si j'ai bon souvenir, il lithographia quelques-unes de ses compositions, qui étaient bien ~ ordonnées. ~ Il croquait avec facilité et avec goût des groupes de chevaliers, de châtelaines et de pages, en chasse avec de beaux lévriers élégants et rapides. Il montrait des jeunes filles à robes traînantes, accoudées à quelque balcon, cherchant des yeux à l'horizon l'amant fier qu'un tuteur cruel leur défendait d'aimer. On pouvait voir, dans ces essais, que l'esprit de de Groux pénétrait aisément, bien entendu à l'aide des travaux des réalistes du passé, le caractère des époques disparues, les traits distinctifs des êtres et les mœurs de nos ancêtres.

Mais ce n'était là que le bégaiement et la première expansion d'un talent qui devait produire plus tard des œuvres originales.

Il se montra bientôt un peintre assez bizarre, et, s'il faut tout dire, peu apte à interpréter la nature à la façon des maîtres.

Ses études d'après le modèle vivant ou le plâtre moulé sur les statues antiques n'ont point donné les promesses ordinaires ; le modèle, placide ou animé, paraissait le stupéfier; en le copiant, il perdait son sang-froid; il semblait même n'avoir plus idée des proportions et des couleurs. La plupart de ses têtes d'étude peintes chez Navez étaient monstrueuses, colossales, — deux ou trois fois plus grandes que nature. Navez ne savait s'il devait se fâcher ou rire. « Mais, mon cher ami, disait-il à de Groux, cette tête-là est aussi forte que celle du Jupiter Olympien; placez-la donc à côté du modèle : vous voyez, elle dépasse ses genoux de toute la hauteur du front. Ceci est une affaire mathématique. Prenez un mètre, si vos yeux ne vous guident pas; donnez à vos têtes vingt-cinq centimètres de hauteur, un peu plus, un peu moins : ainsi vous resterez dans les proportions humaines. Nous ne sommes plus au siècle des géants. » Et Navez riait en regardant de Groux, qui était petit et frêle; il semblait dire : « Comment diable ces énormités peuvent-elles sortir de ce bout d'homme-là ? »

Un muet désespoir s'emparait de de Groux; aussitôt que « le maître » avait quitté l'atelier, il effaçait son étude, allait s'asseoir auprès du poêle et demeurait à songer dans son coin, immobile, pendant des heures.

Je ne crois pas que jamais de Groux ait fait une bonne étude peinte d'après nature.

A l'Académie, il n'obtint non plus de grande distinction que dans les concours de composition. Là, il était réellement « chez lui, » dans son domaine. Il avait une imagination très-riche; outre cela, il s'appropriait sans peine le style des maîtres peintres religieux, tout en conservant une certaine note déjà individuelle.

Las de chercher en vain la réalité, il se livra à la composition avec plus de suite; pendant que les élèves de Navez, groupés autour du modèle, peignaient en échangeant des plaisanteries plus ou moins spirituelles, il essayait de traduire par le dessin des sujets tirés de la bible ou de quelque autre livre religieux. Il couvrait de larges feuilles de papier de milliers de traits enchevêtrés, où lui seul pouvait distinguer des figures se mouvant; il s'acharnait à rendre visibles les fantômes qu'évoquait son esprit; et souvent des scènes véritablement émouvantes apparaissaient peu à peu, émergeant de l'inextricable fouillis tracé par son crayon, comme les rayons du sein d'un foyer.

Élève de Navez, de Groux devait tout naturellement s'essayer dans le genre religieux. Cela ne prouve en aucune façon que son instinct l'eût porté à peindre l'histoire sacrée, s'il avait été libre. Il prouva plus tard, au contraire, que cette voie-là n'était nullement la sienne.

Mais il se trouvait dans un centre d'influences auxquelles il n'était pas possible qu'il échappât. L'homme jeune est une cire molle qui momentanément peut subir des pressions et se transformer sans s'en apercevoir; superficiellement si la nature est résistante, profondément si c'est le contraire.

De Groux, comme tous les hommes d'imagination, voyait surtout dans la bible et dans le nouveau testament une riche mine de sujets intéressants. Rien ne le frappait, en lisant la Genèse, le Deutéronome, ou les lamentations de Jérémie, que le fait dramatique, ou les coutumes patriarcales, ou la grâce sauvage des personnages devenus classiques. Le

« père » Navez, comme on le nommait dans l'intimité, avait l'esprit tout plein de réminiscences italiennes, qu'il transfusait quotidiennement dans la tête de ses élèves. Nourri des noms de Raphaël et de Michel-Ange, il est bien difficile d'échapper à l'action persistante de ces esprits supérieurs. De Groux reçut l'impression comme ses émules ; il eut des visions raphaëlesques ; le fantôme de Michel-Ange le hanta et le força d'enfanter des figures ayant quelque rapport avec les créations épiques de l'auteur du « Jugement dernier. » Mais, en réalité, de Groux ne fut un peintre d'histoire religieuse que par accident : ce sont les circonstances qui l'ont tout doucement amené à ouvrir la bible et à étudier les peintres classiques (¹).

III

Il n'avait pas, d'ailleurs, l'énergie nécessaire pour résister à l'enseignement du maître. C'était une nature indolente et contemplative. Il persévérait par entraînement naturel beaucoup plus que par volonté. Il se laissait dominer, ne trouvant sans doute nul charme dans cette espèce de despotisme,

(¹) Il faut rendre cependant cette justice à Navez : il n'était point exclusif jusqu'à l'inintelligence ; il laissait faire des tableaux de genre dans son atelier. J'ai connu un de ses élèves qui a maltraité sous ses yeux une scène de *Paul et Virginie*, une scène du *Vicaire de Wakefield* et jusqu'à des paysannes modernes. Portaels y a peint une Anne Boelen, dont j'ai le meilleur souvenir.

qui consiste à se montrer vigoureux et ferme dans les menus détails et les petites affections ordinaires de l'existence. Son feu intérieur était couvert de cendres et brûlait pour lui seul. Ses ardeurs étaient muettes, comme son savoir était silencieux. Il faisait tout ce qu'on voulait quand on savait le prendre. Mais il y avait au fond de cet être délicat et pour ainsi dire passif quelque chose que ses intimes seuls ont pu découvrir, un mélange singulier d'héroïsme engourdi et de faiblesse; une flamme pâle et presque froide qu'on sentait de nature à devenir très-intense et très-brûlante. On s'apercevait que son calme était du mépris pour ce qui n'avait point la valeur nécessaire à éveiller son intérêt. Son indolence produisait autant et peut-être plus que bien des activités apparentes.

Chez Navez, on lui avait donné le sobriquet de Job, qui était très-expressif.

On le faisait difficilement parler; il avait ses heures d'expansion, mais elles étaient très-rares. Dans sa jeunesse surtout, on aurait pu croire quelquefois qu'il était sourd et muet. Je le vois encore assis auprès du poêle, fumant sa pipe; tandis que tout s'agitait autour de lui, qu'on faisait des mots et des farces, qu'on se permettait de bruyantes familiarités avec les modèles de femme, que quelquefois le brouhaha et le désordre arrivaient à un tel point que le maître descendait et faisait une entrée furibonde, — de Groux restait assis avec la sérénité endormie d'un sphynx. On le taquinait, on le secouait: il riait d'abord, il semblait très-inoffensif. Si on continuait, il se mettait dans des colères blanches. L'agneau montrait les dents comme un lion.

Quand il voulait bien causer, quand par grand hasard on avait réussi à l'échauffer, il était très-séduisant. C'était comme un livre éloquent et savant qu'on eût ouvert.

Lorsqu'il fut tout à fait un homme, lorsque son talent eut enfin été reconnu, il devint plus sociable et se fit à sa nouvelle position. Mais on n'aurait pu lui donner la qualité d'homme « du monde. » La représentation banale et les marques vulgaires de la civilisation lui répugnaient. Il ne faisait en cela que tout juste ce qu'il était obligé de faire.

IV

Après quelques années d'études sans suite et qui ne présageaient rien de bon, il quitta l'atelier de Navez. Il s'établit : c'est-à-dire qu'il loua quelque modeste atelier et s'y installa.

Il vécut longtemps d'une vie rude et assez irrégulière, de cette vie que tous les jeunes peintres devenus libres ont connue, et que Henri Murger a nommée la vie de Bohême. Il eut ses intimes, dont quelques-uns le trahirent; il eut ses jours de misère, parmi lesquels des jours resplendissants. Il vécut dans le découragement et l'espérance, comme tous les aspirants à la gloire.

Je pourrais décrire ces années, plutôt tristes que gaies en somme; à quoi bon? A part le caractère de chacun, c'est-à-dire la forme dans laquelle se produisent la plupart des incidents, cette existence est composée d'éléments de nature très-ordinaire et ne se montre intéressante que dans certains détails. D'ailleurs, c'est surtout de l'artiste qu'il s'agit ici, et je veux autant que possible laisser l'homme dans la pénombre pudique où il se complaisait.

En avril 1851, de Groux partit pour Dusseldorf. Il y resta jusqu'en avril 1852. Il rapporta d'Allemagne des éléments classiques qui plus tard lui vinrent à point pour l'exécution de ses cartons de style plus ou moins gothique.

Mais, chose étrange, il revint de Dusseldorf la tête toute pleine de sujets réalistes et imprégnés d'idées anti-classiques.

Ce fut vers 1853 que tout à coup le talent de de Groux se révéla. Il y avait à cette époque une « Société d'harmonie d'Ixelles. » Son local se trouvait près de l'ancienne porte de Namur. Cette Société avait une section artistique qui organisa des expositions ; et ce fut à une de ces expositions que de Groux exhiba un tableau qui fit sensation dans le monde passionné des arts. Un peintre, Louis Robbe, s'empressa d'acquérir cette œuvre forte et originale. D'un coup, de Groux prenait rang parmi les maîtres, après avoir végété pendant tant d'années.

Je me rappelle très-bien l'émotion profonde que produisit ce tableau, et je le vois encore, éclatant comme une fanfare révolutionnaire au milieu des banalités qui l'entouraient.

C'était une scène à la fois odieuse et navrante. Le tableau représentait l'intérieur d'une chaumière. Une pauvre femme, couchée dans un misérable lit, agonisait, ou était déjà morte. Tout autour d'elle disait qu'elle était morte de privations et de chagrin. Un pareil intérieur aurait suffi à tuer, par sa seule et désespérante vue, la femme exténuée étendue sur ce grabat informe.

Un homme entrait, amené par une petite fille et un petit garçon : c'était le père, ivre...

Tout peintre, ayant quelque imagination, trouverait sans beaucoup chercher des sujets aussi propres à impressionner que celui-ci. Le sujet n'est rien sans l'exécution.

De Groux était arrivé, dès ses premiers essais dans la reproduction des scènes modernes, à réaliser ses conceptions de manière à saisir fortement le spectateur. Ses tableaux avaient la marque du génie individuel, qui voit dans son ensemble, en bloc, l'œuvre tout entière, et qui n'est préoccupé que de la sensation à produire. Le mouvement des personnages n'était pas subordonné à l'exécution d'une main, ou même d'une tête. Le caractère du milieu se décrivait aussi bien dans la lumière et dans le clair-obscur que dans la forme des objets. Le détail enfin n'existait que pour concourir à la perfection de l'idée. Ce premier tableau, intitulé - l'Ivrogne, - si j'ai bon souvenir, était une œuvre très-forte par cette unité. La misère et la débauche se pouvaient lire partout, et il y avait du désespoir non-seulement dans le masque refroidi de la victime, mais dans les objets qui l'entouraient. L'ivrogne trébuchant était ivrogne des pieds à la tête. Le drame se complétait par la présence des enfants effarés, pour qui le désordre, la ruine et la mort n'étaient encore que des mots vides de sens.

Il fit un autre tableau qui aurait pu être le pendant de ce premier. La scène représentait l'intérieur d'un cabaret. On y livrait bataille. Un des buveurs était terrassé par deux amis de la veille, qui le rouaient de coups; sa femme, toute jeune, et deux petits enfants tentaient de le secourir, de le relever, de l'emmener hors du mauvais lieu. Même ensemble saisissant, même dédain des détails pour arriver à produire une œuvre homogène dans toutes ses parties. Une tonalité sobre et vigoureuse, une observation à laquelle n'échappait aucune des particularités de la mimique. Les têtes n'étaient peut-être pas « bien dessinées; » les mains ne semblaient pas avoir été modelées d'après nature et n'avaient pas toute l'exactitude qu'eût exigée un classique. Mais le caractère propre des choses concourait à produire une impression que nulle régularité et nulle proportion n'eussent pu exprimer aussi complétement.

Voilà donc où de Groux était parvenu, après tant d'années passées chez Navez! Les leçons du maître adorateur de la Grèce antique et de l'Italie de la renaissance, dont l'exaltation pour Michel-Ange et Raphaël allait parfois jusqu'à l'éloquence, avaient eu ce résultat de former un artiste de la nature de Jean Steen, d'Isaac Van Ostade et de Brauwer!

V

Cette première période fut très-féconde dans
l'existence de de Groux. Il s'éprit des caractères
populaires et il fit un nombre assez considérable de
tableaux représentant des scènes de mœurs de la
classe la plus déshéritée de la société. Il peignit les
paresseux, les pauvres gens accablés par le hasard,
les vicieux et les souffrants de toutes les catégories.
Réfractaire français, il composa plusieurs œuvres
qui avaient le conscrit et le soldat pour sujets; et
ce fut le soldat français qu'il mit en scène, bien
plutôt à cause de son pantalon rouge, qui séduisait
l'harmoniste, que parce que c'était le défenseur de
« sa patrie. » Ses paresseux jouaient au bouchon
sur un trottoir; à portée du regard, on pouvait lire
des affiches où l'on demandait des ouvriers. Ses
pauvres gens se chauffaient au foyer en plein air
d'un épicier torréfiant son café. On voyait ses conscrits désespérés faisant leurs adieux à leurs vieux
parents, au carrefour de quelque forêt. On voyait
les vieux parents assis au coin de la haute che-
minée, muets et comme figés par l'attente : la porte
s'ouvrait et le jeune soldat libéré regardait de loin
avec attendrissement les vieillards, tout prêt à
crier : - c'est moi! ouvrez-moi vos bras tremblants, »
mais n'osant faire entendre sa voix, dans la crainte

de tuer par la joie ces deux débris qui n'avaient
plus même la force d'espérer.

Tous ces tableaux avaient les mêmes qualités et
les mêmes défauts. Le talent de de Groux était très-
personnel. Sa « manière » manquait de largeur et
de santé; sa touche, mince et quelquefois mala-
droite, disait nettement les difficultés qu'il éprou-
vait dans l'exécution de ses œuvres. Il n'était pas
peintre à la façon de Rembrandt ou de Jordaens.
C'est surtout par l'expression du sentiment et la
réalité de la mimique qu'il saisissait le spectateur.
En outre, il était harmoniste, non coloriste; mais
son harmonie était souvent forte et onctueuse.

Parmi ses tableaux de genre figurent plusieurs
scènes de la vie du prêtre. Le prêtre l'a beaucoup
préoccupé; il y voyait une personnalité intéressante
et discrète, dont les côtés mystérieux le séduisaient.
Il a montré le prêtre consolateur et conseiller aus-
tère; il l'a montré aussi regrettant les joies humaines et les extases du sentiment. Il a pénétré
dans l'église en peintre; il a suivi les cérémonies
du culte et les grandes démonstrations de la foi populaire; il a assisté aux processions et aux pèlerinages.

Que cherchait-il dans ce monde des croyants plus
ou moins candides? Était-ce le sentiment mystique,
ou seulement les physionomies spéciales et les
formes pittoresques? Je crois qu'il y avait de l'un
et de l'autre.

De Groux n'était philosophe que par sensation,
par instinct, non par raisonnement. Il avait de bons
yeux et un esprit qui analysait naturellement; mais
cet esprit s'arrêtait volontiers, surtout dans les

scènes religieuses empreintes d'anachronisme, à l'apparence des choses. Il était enfin encore plus, — mais beaucoup plus peintre qu'observateur.

Dans ses « Pèlerinages » et dans ses « Scènes d'intérieur d'église, » les personnages sont ignorants et fanatiques plutôt que croyants. S'il avait été profondément croyant lui-même, le reflet de sa propre foi eût illuminé les visages de ses fidèles. Il les a peints tels qu'il les a vus, et non tels qu'il les a désirés. Ce sont des esprits malades et dévoyés, des cerveaux restés en friche, qui s'en vont prier les saints et les martyrs à l'imitation de leurs ancêtres du bon vieux temps. Les paysans crédules de de Groux ne sont que des entêtés. Il les montre avec le même aspect sous les habits du xve siècle et sous les vêtements modernes. Et en réalité, dans une grande partie de notre cher pays, les habitants sont restés aussi ignorants qu'à l'époque où le roi pieux Philippe II brûlait, tenaillait et torturait pour la plus grande gloire du Dieu tout-puissant.

L'ère moderne ne suffisait pas à l'activité d'imagination de de Groux; ses premiers essais de composition avaient été la manifestation d'un goût particulier auquel il revint : il aimait les costumes et les mœurs du moyen âge et de la renaissance. En même temps que le populaire moderne, il se mit donc à peindre les époques passées. Je crois que le succès de Leys eut beaucoup d'influence sur cette étrangeté dans le talent de de Groux. Mais ôtez les vêtements à ses personnages des siècles écoulés, et vous retrouverez les mêmes caractères souffrants et les mêmes individus débiles que dans ses tableaux représentant des scènes de la vie réelle.

Pour tout dire, de Groux voyait surtout ses personnages au-dedans de lui ; ou, si l'on veut, ses observations, en passant au creuset de son esprit, revêtaient toujours un aspect uniforme. La flamme intérieure, ce feu recouvert de cendres, n'animait que tout juste les songes du rêveur. Il n'a jamais bien rendu que les sensations sombres et les mouvements placidement désespérés : son moi se reflétait partout. La note gaie n'existe dans son œuvre qu'à l'état d'humour misanthropique.

Des Pèlerinages, des Prières, des Vœux, des Aspirations, des Désespérances, des Angoisses et des Supplications, voilà presque tout le contingent de ses tableaux de genre.

Inexorablement tenaillé par un mal qui devait le vaincre, une mélancolie résignée faisait le fond de son caractère et de son talent. Moins intelligent, il se fût livré tout entier au dieu terrible qu'adoraient les cénobites. La vie de moine ne lui aurait pas été désagréable.

Combien de visites aux saints guérisseurs et aux saintes consolatrices il a fait faire à ses malades et à ses affligés ! A l'extérieur et à l'intérieur des temples, de bonnes gens, ignorants et crédules, conduisent de pauvres enfants pâles, ou des vieillards prêts à s'éteindre, qui vont suspendre des ex-voto sous l'image des pouvoirs occultes, auxquels ils demandent ardemment la jeunesse et la santé. Le pauvre de Groux compatissait à ces douleurs et comprenait la foi de ces ignorants. Oh! il savait bien que les saints et les saintes étaient des sourds-muets, et qu'un bon médecin, un régime substantiel eussent mieux valu pour ses déshérités. Mais il savait aussi qu'il y aura des dupes tant qu'il y aura des esprits incultes et des industriels pour les exploiter. Il n'est pas, d'ailleurs, bien certain, qu'il ait eu plus de confiance dans la médecine que de foi dans les remèdes divins...

Son humour s'est donné carrière dans une douzaine de compositions comiques pour le journal l'*Uylenspiegel,* aux jours où Félicien Rops abandonnait capricieusement le crayon. Il avait une verve mordante et triste qui se traduisait surtout dans les légendes gravées au bas des lithographies. Il rendait amère la joie du carnaval; il montrait le riche sceptique et odieux; il se moquait des peintres dont l'imagination s'arrête à l'invention d'une « jeune femme écrivant une lettre, » ou d'une « jeune femme recevant une lettre. » Il se raillait lui-même dans son propre portrait, d'une ressemblance navrante, lithographie qui a paru dans l'*Uylenspiegel* avec cette inscription :

« Le dessinateur d'un journal badin est tenu d'être gai périodiquement et spirituel à heure fixe. C'est crânement dur tout de même! »

Ainsi, en toutes ses visions apparaissait cette terrible mélancolie, dont Albert Durer a gravé une si admirable image. Une fièvre lente creuse ses personnages. Leurs yeux vitreux, leurs joues sèches, leurs mains osseuses et inhabiles décrivent des tortures sourdes et des misères morales. Nulle part la santé ne jaillit, rose et superbe, en ses tableaux douloureux. Son œuvre est le long poëme d'un homme condamné, qui se révolterait si la nature lui avait donné la force nécessaire, et qui s'ausculte en croyant analyser les autres.

VI

Le peintre de « l'Ivrogne » et des « Conscrits »
s'essaya aussi dans un genre plus « élevé : » il fit
des tableaux d'histoire; quelques-uns seulement. Le
même sentiment sombre persista. Ses « Derniers
moments de Charles-Quint » et son « François Junius prêchant secrètement la réforme à Anvers »
ont marqué dans sa carrière comme deux efforts
extraordinaires. Il mit à ces œuvres un soin et un
sourd acharnement plus grands encore que d'habi-
tude. Il les caressa longtemps dans sa pensée avant
d'en commencer l'exécution. Elles lui firent faire de
nombreuses études et plusieurs esquisses. Ces travaux aboutirent à un résultat sérieux : le talent de
de Groux se révéla ainsi avec une sorte de splen-
deur, de majesté, que peut-être les critiques myopes
n'avaient pu deviner. Pour la plupart des critiques,
en effet, un peintre de paysans ou d'ouvriers ne
peut « élever » sa pensée jusqu'aux représentants
des castes sociales supérieures. De sorte qu'un empereur serait infiniment plus difficile à représenter
qu'un maçon.

Il y a là une vieille erreur qu'il serait peut-être
bon de combattre de temps à autre, afin de la rem-
placer peu à peu par la vérité.

Toute individualité quelconque, qu'elle s'épanouisse dans le bas ou dans le haut de la hiérarchie sociale, est une unité parfaite ; les contradictions mêmes révèlent les esprits dans leur essence naturelle et les forcent à se dévoiler pour ainsi dire malgré eux.

S'il y a plus de mobilité dans le visage de l'empereur, il y a plus d'inconnu dans celui du maçon. A l'état d'esclave, ou de manœuvre, deux termes à peu près identiques, l'homme est revêtu d'une carapace impénétrable ; le développement intellectuel et la satisfaction des passions donnent, au contraire, au masque du puissant une expansion que les pensées illuminent et qui n'échappe point à l'observateur. La physionomie de l'homme inculte est comme un hiéroglyphe dont on ne connaît pas encore la clef. Si fin qu'il soit, le civilisé fait partie d'un monde connu, étudié de longue date et qui ne sera plus jamais hermétiquement fermé. On peut donc affirmer que l'ignorance de l'un est tout aussi ardue à déchiffrer que le savoir de l'autre.

La grande différence qui existe entre les scènes du monde et les drames populaires est dans l'apparat, dans l'aspect extérieur. Il y a tout au haut de l'échelle sociale une sorte de distinction acquise et d'élégance à la mode qui ont leur style ; mais n'y a-t-il pas également dans le caractère du peuple une simplicité rude, et quelquefois une naïveté, et souvent une duplicité farouche qui rendent perplexe l'observateur et font hésiter l'analyste ?

Le velours et la soie, les galons d'or et d'argent, les pierres précieuses, ne sont pas plus difficiles à rendre en peinture que la brique, le coton et la laine. Le public est ébloui par un tableau somptueux, où tout le faste de la vanité humaine est étalé; mais il ne raisonne pas son impression. La médiocrité sociale le lasse et l'éloigne; la misère lui est comme un remords. Il y a ainsi une sorte de logique dans l'idée que les grands de la terre et leur entourage luxueux offrent pour l'artiste des obstacles qu'il ne rencontre point en reproduisant des scènes de la vie populaire. Mais lorsqu'un peintre est doué comme il doit l'être, tous les domaines lui sont familiers. Se confiner dans un genre est déjà une preuve que l'esprit est borné.

De Groux eut donc les mêmes qualités dans ses tableaux d'histoire de grandes dimensions que dans ses tableaux de mœurs. Ses « Derniers moments de Charles-Quint » valent l'une ou l'autre de ses compositions populaires. Il a montré la même intelligence dans son « Junius prêchant » que dans ses « Paresseux. »

Mon opinion, toute personnelle, est que sa caractéristique est cependant plus nette dans ses tableaux familiers que dans ses inventions historiques. Il s'est montré plus véritablement lui-même en peignant des haillons et des malheureux qu'en reproduisant quelque épisode historique du xvie siècle. Mais cette intelligence de choses si différentes prouve d'autant mieux que de Groux était un esprit d'élite, auquel rien ne pouvait rester étranger dans les arts. Il eût été sculpteur aussi bien que peintre. Quand il a dessiné des cartons pour vitraux, il a montré également que ses aptitudes ne devaient pas s'exercer dans un petit cercle étroit, et qu'il était un vrai peintre.

Seulement, lorsque le passé le préoccupait, les

faits et les êtres n'étaient pas seuls à le tourmenter. Il ne se trouvait pas en lutte avec la réalité. Les peintres disparus se plaçaient forcément, malgré lui, entre son idée, sa volonté, et sa toile. Lorsqu'il dessinait des saints pour les vitraux de M. Capronier, le style gothique et les imitations germaniques l'empêchaient — comme ils empêchent encore tant d'artistes aveuglés — de produire des œuvres originales. De sorte que ces dessins pourraient être signés d'un autre nom que le sien : cela ne donnerait ni n'ôterait rien à sa réputation.

De Groux, pas plus que les autres peintres mystiques modernes, n'était capable de pénétrer « l'esprit » évangélique ou biblique, tel que le comprennent les théologiens. Cet esprit-là est un anachronisme; il n'existe plus que dans les cerveaux des bonnes gens ignorants et des exploiteurs de la religion. Sans foi en soi-même et dans son œuvre, on ne peut produire que des à-peu-près. Les dessins religieux de de Groux ne sont que des à-peu-près. Il a les apparences sans avoir le véritable caractère, et les apparences suffisent aux théologiens de nos jours, qui doivent bien se contenter de l'ombre, ou de l'image de la foi, la foi étant l'esprit mort, après avoir été l'esprit bégayant. J'ose affirmer que de Groux n'a consenti à travailler pour les églises que parce qu'il était père de famille. Ces sortes de travaux n'étaient pour lui qu'un superflu dans sa vie d'artiste, un moyen de bien-être pour son intérieur. La béatitude de ses personnages sacrés était une béatitude produite par l'intelligence et non par la foi. Je suis persuadé qu'il travaillait à ses cartons avec une nonchalance ennuyée; mais qu'il souffrait pendant la gestation de ses tableaux de mœurs.

Le gouvernement lui avait demandé des fresques pour les Halles d'Ypres. Ses compositions étaient faites. On y chercherait en vain ce cachet du génie individuel, si saisissant dans ses drames populaires. De Groux ne se sentait pas là dans son milieu. Les fresques n'ont pas été peintes, sa santé lui commandant des ménagements attentifs. Sa réputation ne perdra rien non plus à la non-exécution de cet ouvrage.

VII

Presque tous les peintres essaient de faire de l'eau-forte. Il y a là un travail plein de fantaisie qui séduit tout naturellement des esprits chercheurs, sans cesse à l'affût d'une proie pour leur activité. D'autre part il y a là un côté mystérieux très-attrayant qui stimule doublement les imaginations vives et passionnées : c'est le caprice du burin, qui tantôt semble se prêter à la volonté de l'artiste et tantôt lui susciter des obstacles. Le plus grand, le plus puissant, le plus extraordinaire des aquafortistes, le meunier hollandais, Rembrandt, a poussé, à cet égard, l'eau-forte jusqu'aux dernières limites du prestige. Avoir vu et compris les eaux-fortes de Rembrandt, c'est assez pour vouloir tenter soi-même une exploration — heureuse ou malheureuse, peu importe, — dans ce pays riant, sauvage et parsemé de piéges, où Rembrandt a découvert tant de chefs-d'œuvre.

Une imagination inquiète et un tempérament facile à surexciter ne peuvent guère résister aux charmes de l'eau-forte. De Groux n'y résista point. Mais là il se buta à des difficultés qui avaient leur germe en lui-même. Il lui manqua la prestesse, un je ne sais quoi de rayonnant, une belle humeur, et par dessus tout la santé pour réussir dans ce genre. Ses eaux-fortes sont lourdes et sombres. L'esprit de l'auteur pèse sur les tailles et les écrase. Le clair-obscur est empâté. Les physionomies maladives restent enfermées, ensevelies dans leurs pénombres comme dans des tristesses naturelles. Les pieds des personnages s'enfoncent dans je ne sais quelles ténèbres qui sont plutôt l'absence du jour que la nuit. Mais tout cela n'empêche pas les eaux-fortes de de Groux d'avoir un caractère particulier comme ses tableaux, et d'être sorties de lui seul, ainsi que les plantes sortent de leurs graines. Il a aidé à illustrer quelques ouvrages, — *les Légendes flamandes* et l'*Uylenspiegel*, de Ch. de Coster; — il s'est trouvé là absolument libre, et il a interprété les œuvres du conteur dans un sentiment triste et profond qui contraste parfois avec les allures rabelaisiennes du texte.

VIII

Son caractère a pu être apprécié différentes fois
pendant le cours de sa vie. L'estime des artistes
l'avait fait nommer membre des commissions de
placement et de récompense aux expositions trien-
nales. C'est presque avec regret que je dois ici con-
signer comme des qualités exceptionnelles parmi les
représentants de l'art aux diverses grandes expositions nationales la fermeté et la loyauté de de Groux.
Il a été de ces rares indépendants guidés par la justice seule, et pour qui les questions personnelles
n'avaient aucune valeur. Il plaçait les tableaux re-
lativement à leur mérite et non parce que leurs au-
teurs avaient de la réputation. Il eût voulu, le naïf,
que les artistes fussent récompensés selon leur
talent, et non parce qu'ils étaient fortement pro-
tégés ou très-intrigants. Il se donna l'honneur et le
plaisir de refuser la vente d'un de ses tableaux à la
commission dont il faisait partie. Cela paraît chose
toute naturelle et au premier abord d'une délica-
tesse très-vulgaire. Eh bien, c'est là, au contraire,
une action extraordinaire, une preuve de dignité
que bien peu d'artistes ont eu le courage de se
donner.

Il a montré en bien d'autres occasions ce respect
de lui-même. Les accommodements intimes avec la

conscience n'ont jamais été considérés par de Groux comme légitimes ou seulement permis. Ce qu'il était pour les spectateurs de sa vie, il l'était pour ces voix mystérieuses que les braves gens entendent au-dedans d'eux. Il a souvent usé d'une rigueur excessive envers ses propres travaux, les détruisant sans merci lorsqu'ils ne répondaient pas à son idéal.

Une de ces premières exécutions date de sa jeunesse : ayant concouru à Anvers pour le prix de Rome, il trouva son tableau trop médiocre pour être conservé et le coupa en morceaux, quoiqu'il eût obtenu le second prix. Plus tard, il lui arriva souvent d'effacer ou de lacérer des œuvres complétement terminées, sans se préoccuper de leur plus ou moins d'importance. Entre autres, une première image des « Derniers moments de Charles-Quint » et un « Enterrement » qu'il avait exposé à Paris et qui y avait fait sensation par la simplicité et un profond sentiment d'accablement. Il lui suffisait quelquefois que son travail fût fatigué par la ténacité qu'il avait mise à vouloir le terminer pour qu'il l'anéantît sans rémission.

Cette honnêteté est plus rare qu'on ne pense, même parmi les artistes de grand talent.

Une œuvre finie, alors qu'elle ne rend pas l'image, la comédie ou le drame imaginé par l'artiste, représente encore une somme de volonté, de souffrance et de joie qui pourrait, à défaut de réalisation parfaite, plaider pour sa conservation. Sa destruction n'est point la marque d'une sotte vanité, mais en même temps la manifestation de la fierté du caractère et de la défiance en ses propres ressources in-

tellectuelles : j'y vois autant et plus de stoïcisme
que d'orgueil.

Bien qu'il fût antipathique à ce qu'on nomme les
honneurs, et qu'il eût horreur de tout ce qui était
faste et représentation, il mourut vice-président du
Cercle artistique et littéraire. Certaines situations
peuvent ainsi forcer les hommes les plus modestes
à sortir de leur sphère d'action habituelle. Lorsque
de Groux acceptait un de ces « honneurs, » je suis
persuadé, comme tous ceux qui l'ont bien connu,
qu'il en voyait bien plus les charges que les plai-
sirs.

IX

Étant donnée sa fragilité constitutive, Charles de
Groux a beaucoup travaillé. J'ai dit qu'il était en-
traîné par un goût passionnel plutôt que par une
volonté ferme ; et, en effet, son courage était une
sorte de continuité lente et presque somnolente, qui
ne lui fit jamais défaut. Dans sa jeunesse, il se laissait bercer paresseusement ; son imagination, très-
riche, très-fertile, dormait dans sa tête sans désirer
le réveil. Il y avait en lui du contemplateur orien-
tal ; seulement, il regardait au-dedans de son moi
avec une sorte d'insouciance philosophique.

Plus tard, cette insouciance devint de la résigna-
tion ; et comme il s'était donné des devoirs en se
donnant une famille, il resta jusqu'à sa mort à la

hauteur de sa tâche, parce qu'il était, avant tout, un honnête homme.

Il s'éprit, d'ailleurs, davantage de son art en avançant en âge. Ce qui n'avait été que désir naturel et aspiration devint amour tenace, mais avec des anxiétés maladives. A certains jours, il se reconnaissait une valeur; alors il apparaissait à tous avec un visage pour ainsi dire lumineux, et sa laideur expressive devenait presque de la beauté. Mais cette transfiguration rendait plus frappants encore les indices extérieurs de ses défaillances : pour un peu plus, ces indices devenaient des signes manifestes du désespoir. Mais il fallait le connaître intimement pour le pénétrer ; sans quoi ces rayonnements et ces nuages échappaient aux regards indifférents. Il ne montrait ses affaissements qu'à ceux qui sympathisaient avec lui. Tous les vrais hommes ont cette pudeur un peu farouche.

Il a travaillé jusqu'à son dernier jour. La veille de sa mort, alors qu'il n'avait plus que le souffle, il se traînait encore devant son chevalet, et de ses yeux vitreux, déjà hagards, il cherchait quelque place où appliquer une touche de sa main débile.

De Groux était de ces hommes dont on dit : « Ils ne devraient jamais mourir, pour deux raisons : parce qu'ils aiment la vie telle qu'elle est, et parce qu'on les estime. »

Était-ce un véritable philosophe? Je ne le crois pas. A coup sûr, c'était un soumis. Ses tableaux religieux ne sont pas des œuvres mystiques, et ses travaux d'observateur ne sont pas d'un philosophe. C'était un passant ému. Les scènes le frappaient par leur côté pittoresque, et les hommes par leurs douleurs. Mais de la condensation de ses analyses ne se détachait pas nettement un principe profond et convaincu. Il aimait le peuple de tout son bon cœur; il ne faut pas lui en demander davantage. Ça a été une grande erreur d'en avoir fait un peintre socialiste. Personne n'était moins révolutionnaire que de Groux. Il aimait la justice en poète, comme il était attiré vers le peuple par un sentiment : ne cherchons pas plus loin, puisque sa loyauté est inattaquable. Tous les hommes ne sont pas dans le combat; l'existence est un drame qui veut des spectateurs. De Groux était un spectateur qui s'intéressait passionnément à la tragi-comédie humaine. Il sut ce que c'est que la vie.

FIN.